MAXIMES

POUR LA CONDUITE

DU PRINCE MICHEL,

ROY DE BULGARIE.

Traduites du Grec en vers François, Et presentées
au Roy par le Pere D. Bernard Theatin.

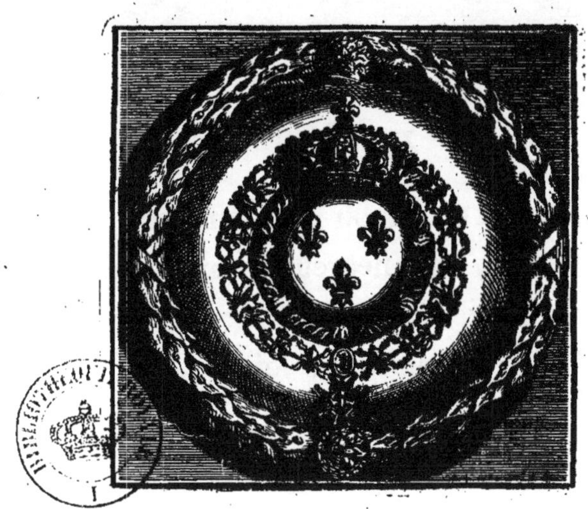

A PARIS,
DE L'IMPRIMERIE ROYALE.

M. DCCXVIII.

(14.)

AU ROY.

ODE.

P RECIEUX espoir de la France,
Prince, reste heureux de nos Rois,
Je ne viens pas à vostre enfance
Etaler de nouvelles loix.

Pour une Muse solitaire
L'entreprise trop téméraire
Me deffend des projets si vains.
Malgré le zéle qui m'enflame,
Pour former une si belle ame,
Il faut de plus habiles mains.

Mais le Plan que je vous adreſſe,
Loin de faire icy des jaloux,
Nous eſt un gage que la Grece
Se trouve en nos jours parmi nous.
Que ſon *Oracle, en ſes Maximes,
Ait ouvert des routes ſublimes,
D'autres vous parlent comme luy :
Par les regles qui les ſignalent,
Il reconnoiſtroit qu'ils l'égalent,
Et qu'il eſt François aujourd'huy.

* Photius, au-
theur des Ma-
ximes, eſtoit
Grec.

Apprend-il au *Roy, ſon Eléve,
Qu'il dreſſe aux ſolides vertus,
Que le Trône eſt beau, qui s'éléve
Sur mille Trônes abbatus !
Qu'il doit au timide vulgaire
Laiſſer le ſoin de ſatisfaire
Au penible & gênant devoir !
Que toûjours aux loix infidele,
Leur oppoſer un cœur rebelle,
C'eſt noſtre crime, & ſon pouvoir !

* Michel Roy
de Bulgarie,
nouveau Chreſ-
tien ; pour qui
Photius com-
poſa les Maxi-
mes.

3

Non non, au genereux *Bulgare

L'Auteur dictoit d'autres conseils:

En les suivant, le Roy Barbare

N'auroit point veû de Rois pareils.

La bonté, la paix, les largesses,

La fidelité des promesses,

Furent les leçons du *Prelat;

Mais du Prince, qu'il sollicite,

Il veut que le premier merite

Soit une piété d'éclat.

LOUIS, un *Pontife plus sage

Vous forme l'esprit, & le cœur.

Avec luy le *Guerrier partage,

Et tourne vos pas vers l'honneur.

Un *Prince, vostre premier Guide;

A l'Education préside,

Aimable, & glorieux employ!

Sous leurs mains l'ouvrage s'avance,

Et déja leur experience,

Dans un Enfant, prépare un Roy.

Ainſi vous courez à la Gloire,
Et dans vos talens avancez
Je lis un eſſay de l'hiſtoire
Des beaux jours que vous annoncez.
Bientoſt de la vive peinture,
Qu'ébauche dans vous la Nature,
L'Art jaloux finira les traits.
A la plus brillante Couronne
Vous rendrez ce qu'elle vous donne,
*Parfait tableau des Rois Parfaits.

*Le Roy a dit qu'il vouloit eſtre nommé Loüis le Parfait.

*Dauphin, & Dauphine, pere, & mere du Roy.

Qu'heureux fut le *Couple Heroïque,
D'un chaſte Himen jadis l'honneur!
De ſon amour le gage unique,
L'eſt encor de noſtre bonheur.
Il voit des Cieux la jeune Plante
S'émailler d'une fleur naiſſante,
Il vous voit mille attraits charmans,
A quoy que le panchant engage,
Que vous reſte-t-il de voſtre âge!
L'Innocence, & les agrémens.

Toy

Toy qui* traças, dans ta tendreſſe,
De ſages conſeils à ton Fils,
Grand Roy, ſa docile jeuneſſe
Te rêpond de l'honneur des Lis,
Son beau feu, ſon air, ſon viſage,
Nous rendent ton Auguſte Image :
Quel Heros on va te devoir !
Il prévient déja noſtre attente ;
Et quand il faut qu'il répréſente,
Il eſt Roy, nous croyons te voir.

Du Sceptre ſeul dépoſitaire,
Philippe, tes ſoins aſſidus
De mes vers, honteux de les taire,
Raniment les chants ſuſpendus.
La fortune de cet Empire
T'attache au timon du Navire,
Que les flots ſembloient ſubmerger.
En vain tonneroit la tempeſte :
Elle reſpecteroit la Teſte,
Qui pour nous ſeuls craint le danger.

*Le feu Roy, en mourant, exhorta ſon arriere-petit-Fils à la paix, à la juſtice, & à la bonté pour ſes Sujets.

Tu veilles, & l'Eftat repofe,
Acheve, & rends legere au Roy
La Charge que ton rang t'impofe:
Qu'elle ne pefe que pour toy.
Tandis que le Ciel fe déclare
Par le Regne qu'il luy prépare,
* Sur un fidele & noble appuy:
Moy, pour réjoüir fa jeuneffe,
Je veux, en rimant la fageffe,
Qu'elle ne foit qu'un jeu pour luy.

* *Monfeigneur le Regent.*

AVERTISSEMENT.

Photius frere du Patrice Sergius, & Petit Neveu du fameux Taraise, Patriarche de Conftantinople, fut un homme d'une naiffance illuftre. Son merite le fit premier Secretaire d'Eftat; & fon ambition l'éleva au Patriarcat de la Ville Imperiale. Ses differens emplois à la Cour, ou dans l'Eglife, n'interrompirent pas l'application qu'il donna toû-jours aux belles Lettres, & mefme aux plus hautes Sciences.

Ce grand génie n'eut que luy-mefme pour maiftre. Il s'éleva, par la force de fon efprit, aux plus curieufes, & plus fublimes connoiffances, Poëte, Orateur, Medecin, Mathematicien, Aftronome, Philofophe, & fur-tout grand Theologien. Le plus docte de fes ouvrages, ce fut fa celebre Bibliotheque, où analifant les Ecrivains Ecclefiaftiques qui l'avoient précédé, il fit connoiftre fa vafte erudition, & fon profond difcernement.

De fon temps les Bulgares, voifins redoutables par leurs

guerres prefque toûjours heureufes, avoient fait de grandes irruptions, & eftoient la terreur de l'Empire. Ces peuples fe font eftendus depuis la Servie, le long du Danube, qui les féparoit des Valaques & des Moldaves, jufqu'au vafte pays où ce fleuve fe décharge par fix embouchures dans la Mer Noire.

Photius, habile Politique, voyoit que la Grece, par la force des armes, ne pouvoit rien fur ces hommes feroces. S'il avoit quelque efperance qu'ils pourroient s'humanifer, ce n'eftoit que par la conformité d'un mefme culte, & d'une mefme foy. Il n'attendoit qu'une conjoncture, & il crût qu'elle s'offroit heureufement ; car Michel, Roy de Bulgarie, venoit de renoncer à la vanité des Idoles par le miniftere des Ouvriers Evangeliques, qu'on luy avoit envoyez.

Photius perfuadé que le Chriftianifme rapprocheroit ces Peuples, tant par la fainteté & la douceur de fes loix, que par les communications, & les rapports de la Religion, effaya de la faire fervir aux interefts de l'Eftat, en

foûmettant

foumettant cette Eglife naiffante à celle de Conftantinople. Pour cela il falloit s'infinüer dans l'efprit du Bulgare : & ce fut dans cette veûë qu'il eftablit un commerce de lettres avec luy. Celle qui fe trouve icy traduite en vers François, m'a paru un des plus beaux monumens de l'Antiquité. C'eft une fuite de Maximes pour la conduite de ce Roy, nouveau Chreftien, & magnanime.

Je ne puis croire que Photius fuft alors *Patriarche, ni par confequent engagé dans le Schifme, qui a rompu depuis l'union de l'Eglife Grecque, & Latine. S'il eftoit déja féparé de la communion des Romains : Le Roy qui leur devoit la converfion de fes Peuples, & fa propre inftruction, n'auroit pas efté bien difpofé à recevoir fes confeils. Mais qu'il fuft Schifmatique, quand il adreffoit à ce Prince fes excellentes régles de fageffe, nous ne devrions pas moins les propofer à tous les Maiftres du monde. On gemiroit de fon égarement, & l'on profiteroit de fes penfées. Neron fut un des plus méchans hommes, qui ayent efté fur la terre ; mais il faut dire avec un bel

* *Il fut Patriarche Intrus.*

eſprit, que ſi rien ne fut plus mauvais que Neron, rien auſſi ne fut meilleur que ſes Thermes : *Quid Nerone pejus ! Quid Thermis melius Neronianis !* *Un ſage pretendoit que quand les maximes valent mieux que celuy qui les donne, il faut en faire uſage : en ſorte toutefois qu'il paroiſſe que l'on adopte les ſentimens, & que l'on n'approuve pas l'auteur. La Religion eſt icy d'accord avec la Philoſophie. Origene, Tertullien, & tant d'autres, ſe ſont égarez dans leurs penſées. Cependant l'Egliſe ne nous interdit pas leurs ſçavans écrits, en haïne de leurs erreurs. Suivons ſa conduite. Condamnons Photius, chef d'un Schiſme odieux, s'il eſt vray qu'il fuſt alors dans le Schiſme; mais admirons Photius auteur des Maximes.

J'aime à le voir ramener par tout ſon Prince à la felicité de ſes Sujets. Il n'a d'autre but dans ſon ouvrage, que de luy perſuader qu'il ne ſera glorieux & triomphant, qu'autant que ſes Peuples ſeront heureux. Dans les importantes inſtructions quil luy donne ſur la valeur, la Politique, & les autres ornemens inſeparables de la Poupre Royale, il le rappelle fans ceffe aux fentimens, & aux merites du cœur. On diroit que fur le point de la liberalité, il tombe dans la redite; mais on le diroit fans raifon; car outre qu'il ne revient fi fouvènt à une vertu fi noble, que pour en marquer les differens caractéres; il fçavoit que fi les Rois font neceffaires aux hommes ; les hommes font neceffaires aux Rois ; & que dans le befoin que nous avons de leurs fecours, le moyen le plus fûr pour s'emparer de nos cœurs, c'eft de les attaquer par les bienfaits.

Pour découvrir mieux le deffein de cet Auteur, on me permettra une feconde obfervation. Il ne faut demander aux Rois, que les devoirs qui font attachez à la qualité de Roy. J'en conviens; mais pour eftre Roy, en eft-on moins homme ? Ainfi Photius qui connoiffoit & l'homme, & le Roy : parmi les regles qu'il prefcrit à la Majeftè, en jette d'autres pour l'Humanité, & femble les confondre. C'eft qu'au fonds un Roy eft un homme, deftiné du Ciel pour commander à d'autres hommes. La fuprême puiffance ne le difpenfe pas des obligations communes : elle les eftend au contraire, & les rend plus indifpenfables.

Je ne pouvois donc mieux fignaler mon zele envers le Roy, que Dieu a fauvé, pour ainfi dire, du debris de la famille Royale, qu'en luy confacrant les Maximes d'un des plus fçavans hommes du monde. En effet les devoirs des Souverains fe réffemblent, & ce qui fut efcrit pour le Roy Bulgare, convient encore mieux au Monarque François.

Je fçay que la fageffe des Maiftres chargez de l'Education de ce jeune Roy, rend inutiles les nouveaux confeils que l'on pourroit luy donner. Auffi n'eft-ce pas mon deffein de me meffer de leur miniftere, qui eft facré pour moy. Il ne s'agit que de faire connoiftre au Prince, que leur conduite à fon égard eft autorifée par les fentimens des plus excellens perfonnages.

Au refte nos fages s'appliquent à ne point rebuter fon enfance par une eftude capable de le gêner. Ils luy prefentent les veritez les plus ferieufes fous des Images propres à réjoüir une imagination tendre, & l'inftruifent en le divertiffant.

C'eft

C'eſt là le grand art, de rendre les exercices agreables comme les jeux, & les jeux utiles comme les exercices: *Ut & luſus ipſe ſit eruditio.* C'eſt ſur les meſmes idées que j'ay entrepris la Paraphraſe de l'Auteur Grec, & que pour amuſer utilement l'Auguſte Eléve, j'ay donné à cet ouvrage une forme poëtique. La ſageſſe, ſous un viſage s'évére, pourroit effaroucher ſa jeuneſſe: elle luy plaira ſous le viſage d'une Muſe.

Hieron. Epiſt.
ad Latam.

Les François ont un trop grand intereſt à la veritable gloire de leur Roy, & à leur propre bonheur, pour ne me pas pardonner, d'une part une entrepriſe, qui n'a que ces deux objets: & de l'autre une verſion qui n'eſtoit pas ſans difficulté,

D

TEXTUS
GRÆCO-LATINUS.

I.

PRIVATIM, & apud te, Deum perseveranter precare: Sed & palam, & unà cum multis orato. Illud ad mentis tuæ puritatem : Istud ad exempla subditorum, imitationemque pertinet.

MAXIMES
POUR LA CONDUITE
D'UN ROY,

I.

SI vous voulez, en Roy, fournir voſtre carriere,
Prince, ſoyez toûjours fidele à la priere:
Le Dieu qui vous donna le Sceptre avec le jour,
Dans vos vœux aſſidus connoiſtra voſtre amour.
Priez dans le ſecret, & que voſtre grande ame
Exhale en longs ſoupirs l'ardeur qui vous enflame.
Retiré, loin du monde, au pié des ſaints Autels,
Je dois plus à moy ſeul, qu'au reſte des mortels,
A nos ſervens tranſports ils ſeroient un obſtacle;
Mais le Prince eſt à nous, il nous doit un ſpectacle.

II.

*Ne sis in amicitiâ ineundâ velox ; initam om-
ni modo nexu conserva indissolubili ; totum in te
proximi derivans onus , nisi fortè cum periculo
animæ tuæ jungatur. Habe tibi amicos , non ma-
los , sed optimos. Qui in amicos eliguntur , mo-
res , & indolem produnt ipsos eligentium. Noli ab
amicis ea quæ te lactant audire ; potiùs autem
cum veritate conjuncta,*

III.

Tyranni plerumque flocci pendunt injurias

Offrez donc à nos yeux un humble adorateur,
L'Oraison domeſtique acquite voſtre cœur,
Il eſt vray; mais un Roy, proſterné dans nos Temples,
Pour nous former ſur luy, peut tout par ſes exemples.

II.

Du don de voſtre cœur connoiſſez tout le poids,
Quand vous l'aurez donné, reſpectez voſtre choix;
Et que voſtre amitié ſerieuſe & fidele
Par des liens ſacrez toûjours ſe renouvelle.
Tout homme vous eſt proche, il tient au Souverain :
Vous luy devez un Roy, ſage, traitable, humain.
Supportez ſes défauts; mais que voſtre innocence
Ne faſſe pas les frais de voſtre complaiſance.
N'ayez pas pour amis les cœurs empoiſonnez;
Mais les eſprits bienfaits, & les hommes bien nez.
L'Art eſt de bien choiſir : noſtre amour, noſtre eſtime,
Trahiſſent, malgré nous, l'eſprit qui nous anime.
Craignez un Courtiſan à l'air flateur & doux :
Que la verité ſeule ait des attraits pour vous.

III.

Peu touché de nos maux; dont l'aſpect l'importune,

humanæ focietati irrogatas ; fed proprias ulcifci folent acerrimè. Regem verò, qui fecundum jufti- tiam Imperium capeffit, decet fuas injurias pro humanitate condonare ; fed communes, & aliis illatas cum juftitiâ corrigere.

IV.

Quantò quis majorem obtinet poteftatem, tantò majori virtute præditum effe oportet. Qui contra facit, in tria fimul impingit nefanda. Se perdit ipfum ; intuentes pellicit ad peccandum ; ora ac- cendit in Deum blafphema, qui tam improbo po- teftatem tradidit.

V.

Ita fubditis impera, ut nequaquàm tyrannidi, fed eorum confidas benevolentiæ. Eft enim benevo- lentia & longe excellentius, & multò tutius fir- mamentum quàm metus.

Un Tyran fe refufe à la plainte commune ,
Et toûjours infenfible aux difgraces d'autruy,
Il s'offenfe d'un tort, qui n'offenfe que luy.
Mais le Roy, que conduit la parfaite fageffe,
Oublie, avec bonté, l'injure qui le bleffe ;
Et l'outrage public intereffant fon cœur,
Dans un Pere commun follicite un vangeur.

I V.

Que tout foit foutenu dans une ame Royale,
Et qu'à voftre pouvoir voftre vertu s'égale.
Le Monarque, fans mœurs, tombe dans trois excés :
Il fe perdra luy-mefme ; il perdra fes Sujets ;
Armera les mechans, dont la bouche blafphéme
Contre Dieu, feul auteur du facré Diadéme.

V.

Regnez fur vos Eftats, & qu'ils vous foient foumis ;
Mais aux fujets forcez préférez les amis.
Pour affurer le Trône, un pouvoir tyrannique
N'égalera jamais la tendreffe publique.
La crainte, & la terreur, gardent mal les Tyrans ;
Et nos cœurs de nos Roys font les plus feûrs garans.

VI.

Leges exactissimè latas laudato; nec minus amplectere: illas intuendo vitam tuam dirige.

VII.

Imperandi vim obtine, non plectendo; sed opinionem fovendo severitatis. Hanc morum astruit stabilitas, gravitas, & sedula observantia. Pœnas infligere frequentes, iracundi potiùs, quàm prudentis est. Illi enim facile sæviunt, qui moderationis inopiâ mulcere homines nesciunt. Quorum alterum Tyrannus, alterum is solus qui par est Imperio facit: cujus virtus est præcipua, non perdere, sed meliores efficere subditos.

V I.

Pour les plus faintes Loix, ouvrage de nos Peres,
Jettez dans l'entretien des loüanges finceres;
Mais fongez aprés tout que voftre piété
Les recommande mieux qu'un éloge affecté.
Gardez les, & toûjours les yeux tournez fur elles,
Que de voftre conduite elles foient les modeles.

V I I.

Que les droits precieux de voftre autorité
Ne vous portent jamais à la feverité,
C'eft affez d'eftre craint : la conduite fuivie,
Un air de gravité, repandu fur la vie,
La regle, & l'ordre exact dans vos fages projets,
Vous donnent pour auftere aux yeux de vos fujets.
Toujours le fer en main ! A ces traits je remarque
L'Homme paffioné fous l'imprudent Monarque.
Le Roy prompt à punir nous fera foupçonner
Qu'il fuit des mouvemens, qu'il ne peut dominer;
Que maiftre, il ne l'eft pas par la feule clemence.
La rigueur des Tyrans fait toute leur puiffance;
Mais corriger nos mœurs, & fçavoir nous gagner;
C'eft à ce prix qu'un Prince eft digne de regner.

F

VIII.

Sunt qui pronuntiant ad officium Regis in primis pertinere, Rempublicam è parvâ magnam facere. Mihi potius videtur, ex improbâ probam constituere.

IX.

Actionem quamcunque consilium præcedat. Sunt enim lubricæ, & periculosæ, quæ sine consilio peraguntur. Rectum consilium multorum manibus prætuleris.

X.

In quantum vitanda est invidia : in tantum annitendum est ut invideamur. Et hoc in primis Principem decet, quem non est proclive malevolis ut lædant. Quod si comprimenda sit invidia, im-

VIII.

Combien d'Adulateurs, flatant l'orgüeil des Princes,
Voudroient du monde entier leur ouvrir les Provinces,
Et mettent la vertu des petits Potentats,
A se faire plus grands par de plus grands Estats!
Ou je suis dans l'erreur : ou le devoir inspire
De reformer plustost, que d'estendre l'Empire.

IX.

Si pour guider ses pas, l'homme attend le Soleil :
Toujours vostre action doit suivre le conseil,
Qu'il marche devant vous. Le Roy qui délibére
Previent tous les dangers d'un projet téméraire.
Qui donne un bon conseil, fait plus que les Soldats,
Qui viennent vous offrir leurs armes & leurs bras.

X.

L'Envieux à l'œil noir menaça-t-il ma vie;
Je doibs par mes vertus meriter son envie.
Mais vous, ne craignez rien : d'un impuissant jaloux
Les traits, les foibles traits n'iront pas jusqu'à vous.
Pour fléchir lâchement sa volonté maligne,

preſſiones ejus, & tela. eluctare, non virtutem mi-
nuendo, ſed moderatione animorum, & per quamdam poteſtatis, atque ſuperioritatis modeſtiam, in
rebus præſertim non magni momenti.

XI.

Principem non tam excolit virtus bellica, &
tutatur, qudm comitas, & pius in Cives affectus.
Multi rebus in bello præclarè geſtis, domi prop-
ter truculentiam per ſuos interierunt. Multi per
ſuos liberi redierunt; quos penè captivos fecerant
hoſtiles copiæ.

XII.

Res præclarè geſtas collaudato; ſed illos ante ¡onas, & præcipuo honore afficias, qui hæc imi-
tantur, quæ tu miraris, & laudas.

N'allez pas obfcurcir la gloire qui l'indigne,
Mais par un air honnefte, un efprit moderé,
Jettez un appareil fur fon cœur ulceré :
Sur-tout fi l'intereft, qu'alors on facrifie,
Honore le Heros, fans perdre la Patrie.

XI.

Quelle eft voftre reffource! Eft-ce les faits guerriers,
La valeur meurtriere, & les fanglans lauriers!
Non, mais l'affeêtion, la bonté, la clemence,
Comme voftre ornement, feront voftre défenfe.
Que de Princes cruels, vainqueurs dans les combats,
D'une main parricide ont reçeû le trépas!
Tandis qu'un Roy cheri, dans un peril extreme,
Trouve de prompts fecours dans les fujets qu'il aime;
Et par les Ennemis tout preft d'eftre arrefté,
A fon peuple fidele il doit fa liberté.

XII.

Aux exemples fameux, confacrez par l'Hiftoire,
Refervez voftre eftime, & relevez leur gloire;
Mais deftinez auffi vos plus nobles emplois
A qui s'eft fignalé par de pareils exploits.

XIII.

Subditorum lites in hoſtes diverte. Tyrannicum eſt populum ad ſeditiones adigere. Regium eſt ſubditorum concordiam immotam conſervare.

XIV.

Quemadmodum turpe eſt, & ſordidum plebi ad voluntatem obſecundare, & nimis familiariter ſe gerere : ita lubricum eſt, periculôſum, ſupercilioſum, & tumidum ſemper apparere. Ab utroque ergo extremo diſcedas neceſſe eſt.

XV.

Beneficiorum ſemper memor eſto. Quæ beneſece-

Par le difcernement un feul bien fait couronne
La main qui le reçoit, & la main qui le donne.

XIII.

Arbitre en vos Eftats du trouble & des procés,
A vos Ennemis feuls renvoyez ces excés.
Par les feditions la concorde bannie,
A charmé de tout temps la lâche Tyrannie ;
Mais un Roy, par la paix, uniffant tous les corps,
D'une douce harmonie entretient les accords.

XIV.

Sans voir avec hauteur le rang qui nous abaiffe,
Figurer avec nous, feroit une foibleffe.
Nous élever fi haut, c'eft nous énorgüeillir,
Et vous placer fi bas, pourroit vous avilir.
Mais toujours avec fafte étaler la Couronne,
A de fâcheux revers livre voftre perfonne.
Haïffez la baffeffe : évitez la fierté.
Trop monter, trop defcendre, égale extremité.

XV.

D'un fervice reçeû confervez la memoire ;

ris statim oblivioni trade. Illud enim bonitatem
animi, probitatemque indicat : hoc puritatem ar-
guit, & magnitudinem.

XVI.

Beneficia objicere, casus adversos exprobrare,
& levem, & inhumanum prodit animum.

XVII.

Lex Divina, & mutua hominum charitas ju-
bet, ut congeneres nobis tanquam hostes ne ulcis-
camur. Sed & magnum inde rebus nostris commo-
dum accedet. Nam si vindictam sumpseris, plus in
te hostem irritaveris : cum qui beneficio afficiet,
vel pro hoste amicum reddiderit, vel saltem hostem effecerit modestiorem.

XVIII.

Vehementius ne quicquam polliceare. Si enim
promissis steteris, plurimum de gratitudine per il-

Et par l'oubli du voſtre augmentez voſtre gloire,
L'un, & l'autre, garans d'un tendre & noble cœur,
Marquent ſa gratitude, & vantent ſa grandeur.

XVI.

Reprocher le bienfait, eſt d'une ame indiſcrete,
C'eſt le lâche retour d'un cœur qui le regrete.
Reprocher la diſgrace, eſt d'un homme cruel,
Pour qui le malheureux, eſt toujours criminel.

XVII.

Le Ciel m'a defendu, par une loy ſévére,
De voir un ennemi dans mon ſang, dans mon frere.
Paiſible loy d'amour, dont les fruits ſont bien doux !
Certes ſi nous livrant à tout noſtre courroux,
Contre un objet haï la fureur ſe dechaine,
En haine declarée on changera ſa haine;
Mais de voſtre colere offrez luy le vainqueur,
Vous calmez, ou du moins vous moderez ſon cœur.

XVIII.

D'un air de modeſtie ornez voſtre promeſſe,
Au bienfait trop certain bien moins je m'intereſſe.

*lam promittentis efficaciam deceſſit. Quod ſi non
ſteteris, multo pudore offundéris.*

XIX.

*Gràtiâ dignus eſt, qui naturam gratiæ, & no-
men veneratur; quique cogitationem ſuam omnem
adhibet, ut gratiam rependat. Beneficio autem ve-
luti indignus eſt, qui bene merentem ingratiis re-
munerat: ita & dignus cui excellenter bene fiat,
qui bene illis fecerit, à quibus ut officium pro offi-
cio referant, non expeĉtaverit.*

XX.

*Nequidem amicis contra æquum largitor. Nam
ſi homines bene morati ſunt, odio te habebunt,
quod leges violaveris, tantum abeſt ut ob beneſi*

La faveur qu'on promet d'un ton moins expreſſif,
Surprend qui la reçoit, & le trouve plus vif.
Et d'ailleurs ſi l'effet dément voſtre parole,
De vos expreſſions je ſens mieux le frivole;
Et le refus du don, qu'attendoit mon bonheur,
Par vos propres diſcours fletrira voſtre honneur.

XIX.

Quiconque d'une grace a connu l'importance,
Et ſe livre aux devoirs de la reconnoiſſance,
Merite qu'au beſoin tous nos treſors ouverts,
Pour le prix de ſon cœur luy ſoient toûjours offerts.
Mais l'ingrat, de ſes biens œconome biſarre,
Doit en chaque mortel ne trouver qu'un avare.
Rendons plus de juſtice à l'homme genereux,
Trop heureux du plaiſir de faire des heureux,
Il diſpenſe ſes dons, & bien loin de les vendre,
Les verſe, à pleines mains, ſur qui ne les peut rendre.

XX.

Ne faites de preſens à l'ami le plus cher,
Que ceux que la raiſon ne peut vous reprocher.
S'il eſt homme de bien, il hait voſtre injuſtice,

*cium collatum exofculentur. Si vero mali funt, du-
plici afficieris contumeliâ. Nam & improbis benę
fecifti, & odium apud probos incurrifti.*

XXI.

*Gratiæ, per cunctationes & moras, velut ad
quamdam vergunt fenectam, & propriâ defloref-
cunt pulchritudinę.*

XXII.

*Gratiæ dimidiatæ, nequaquam gratiæ funt;
erunt autem ubi folidæ & integræ fuerint.*

XXIII.

*Si ab initio beneficio affeceris, quos deinceps ne-
glectui habes, noli putare eos fic beneficio affectos*

Et de son bienfaicteur il craint d'estre complice.
Est-ce un sujet indigne ? On verra voftre front,
Sur voftre procedé, rougir d'un double affront,
C'eft faire un favori d'un homme fans merite,
Et du bien qu'on luy vole un bon fujet s'irrite.

XXI.

Les vains retardemens, les importuns délais
Fletriffent les faveurs, vieilliffent les bienfaits.
La grace perd fa fleur par la feule pareffe :
Diligent à donner, rendez-luy fa jeuneffe.

XXII.

Qui veut folidement obliger fon ami,
Ne luy fera jamais un prefent à demi.
La grace doit fur-tout fon prix à la maniere :
Ne la partagez pas, faires la toute entiere.
Autrement à mon cœur elle offre peu d'appas ;
Et je fens moins vos dons, que ceux que je n'ay pas.

XXIII.

Vous avez fait du bien : voulez vovs toûjours plaire ?
Aprés vos premiers dons, ne ceffez point d'en faire.
Quiconque deformais fe croira negligé,

velle benevolentiam priorem conſervare. Præſtabi-
lius eſt Principi, cum in Republicâ adminiſtran-
dâ, tum in privata vitâ, ſubditos ſuos demereri
donis in ſingulos collatis ; ſed quandiu vitam
agunt, potius quàm ſemel, neque id exundantius,
& profuſiori modo.

XXIV.

Iratus neminem, neque juſtè licet, ſuppliciis af-

Ne fe fouviendra plus qu'il vous eft obligé;
Et parmi vos amis ne comptant plus fa place,
La grace interrompuë eft pour luy la difgrace.
Dans leurs brillans canaux les fleuves tortüeux
Roulent, en ondoyant, leurs flots majeftüeux;
Mais fi de leurs trefors difpenfateurs prodigües,
Par de brülans torrens ils entraînent les digues,
Bientoft ils font à fec, & noftre aridité
Accufe dans nos champs leur cours precipité.
Il vous importe donc, dans voftre domeftique,
Ou dans les foins divers, qu'attend la Republique,
De gagner vos fujets par des dons ménagez.
De ces biens en detail ils font plus foulagez;
Et le Roy leur eft cher, quand fa main liberale
Dans les graces qu'il fait ne met point d'intervalle.
Vos largeffes ainfi coulant de jour en jour,
Des heureux Citoyens renouvellent l'amour.
Enfin perfeverez, & que voftre prudence
De vos frequens bienfaits affure la conftance.

XXIV.

Sufpendez voftre bras, dans voftre émotion.

ficito. Utcunque enim tulerit, ille qui punitur : tu nihilominus vituperium incurres, quod improvidè negotium illud obiveris. Quocirca perbellè dictum ab antiquorum aliquo fuit erga delinquentem : Certè te castigarem, si non irascerer.

XXV.

Irato nihil proderit admonitio : postquam verò deferbuit ira, adhibeatur medicina per correctionem, ita ut comitate condiatur. Nam nisi melle illita pocula medicantia ægris exhibere paulò amariora non solent medici. Itaq nec insipientium animæ increpationes admittunt meraciores.

XXVI.

Quemadmodum celeritatem adhibere par est in remunerandis iis qui digni sunt : ita tardum esse

Quand le coupable objet de voftre paffion
Ne deyroit qu'à luy feul la rigueur du fupplice,
On vous reprochera voftre propre juftice,
Jadis un Ancien, irrité juftement
Contre un homme, à fes yeux, digne du chaftiment;
Luy dit avec efprit : pour m'avoir fçeu deplaire,
J'allois te chaftier; mais je fuis en colere.

XXV.

Les confeils pour un cœur de colere enflamé,
Ce font des coups perdus : fitoft qu'il s'eft calmé,
Et qu'au trouble orageux la bonace fuccede,
De la correction hazardez le remede,
Pour veû que la douceur nous l'offre affaifonné,
Le melange du miel, fagement ordonné,
Par l'art du Medecin change l'amer breuvage:
Le malade le prend, & l'erreur le foulage.
Ainfi l'homme eft-il fait : les reprehenfions
Souflent, par trop d'aigreur, le feu des paffions.

XXVI.

Que toûjours voftre main, prompte à la récompenfe,
N'ordonne qu'à regret la peine de l'offenfe,

K

decet in pœnis delictorum infligendis. Gaudentem oportet bonos honorare : condolentem suppliciis afficere obnoxios.

XXVII.

Turpe est eum qui viris imperat, succumbere mulieribus, & voluptatibus subditum inveniri. In illâ fœmina tantummodo non delinquit aliquis, quam vitæ secundum leges adjutricem sortitur.

XXVIII.

Sunt qui amantes contendunt in alienis corporibus animas suas habere. Rectius, opinor, dicitur eos in corporibus alienis mentem & animam perdidisse.

XXIX.

Neminem mortalium, neque obscurissimum ad desperationem adigas. Est enim desperatio robustum quoddam, & ineluctabile telum. Quin sæpe accidit ut progressa in aciem necessitas, rerum, præter expectationem, mutationes invexerit.

Et fidele à fe rendre aux panchans d'un bon cœur,

Honore avec plaifir, puniffe avec douleur.

XXVII.

Vous dominez fur nous : loin de vous une femme,

Qui domine à fon tour, & regne fur voftre ame.

Ce foible vous flétrit. Jaloux de voftre foy,

N'aimez que voftre Epoufe, & refpectez la Loy.

XXVIII.

L'Ame eft moins dans l'amant, que dans l'objet qu'il aime.

Ainfi nous l'a-t-on dit : je ne dis pas de mefme.

L'Ame, ce pur efprit, par l'amour confumé;

N'eft plus ni dans l'amant, ni dans l'objet aimé.

XXIX.

Le grand art de regner, eft l'art de la fageffe.

Il faut refpecter l'homme, & craindre fa foibleffe.

Fuft-il un homme obfcur, fans aveu, fans pouvoir,

Ne le pouffez jamais au dernier défefpoir.

Contre ce noir tranfport, quand il agite l'ame,

Tous nos efforts font vains, rien n'efteint cette flame.

XXX.

Contumelia verbis ingesta, apud homines libe-ros, parum differt à plagis & verberibus. Cave ergo ne proclivis videaris ad convitia. Siquidem quod parvi existimatur momenti, magna invehit detrimenta.

XXXI.

Beneficiis subditos circumvallato, tanquam ner-vos Imperii, & tua ipsius membra.

XXXII.

Conspirationes, quas facilè non licet extinguere, satius esset per dissimulationem oblivioni tradere, quàm publico quasi triumpho propalare. Ita enim

Souvent mefme conduit par la neceffité,
Au travers des combats on s'eft precipité,
Et par des coups alors heureux & temeraires,
La fureur a changé la face des affaires,

XXX.

Certains mots font des traits, qui portent fur l'honneur,
Et comme noftre oreille, ils bleffent noftre cœur.
Ces difcours échapez, dont voftre Cour s'offenfe,
Ne les regardez pas avec indifference,
L'Etincelle de feu, lâchée imprudemment,
Punira l'indifcret par un embrafement.

XXXI.

Les peuples qui dans vous reconnoiffent un Maiftre,
Sont les nerfs de l'Empire, & voftre fecond eftre.
Comblez les de vos biens, & que fous voftre loy
Ils foient enyeloppez des bontez de leur Roy.

XXXII.

Tant que la faction ne peut eftre étoufée,
N'allez pas au public en faire un vain trophée,
Diffimulez pluftoft : ou vous verrez ces feux
Faire dans vos Eftats des progrés dangereux.

fieri folet, ut flamma ex eo magis accendatur, &
pericula non levia creentur. Contra verò moderatio-
ne malum retunditur; & præter quàm quod peri-
culum abegifti: ea res mifericordiæ, prudentiæ, &
utilitatis publicæ rationem fubit.

XXXIII.

Armis, fortitudine, exercitu quovis prævalen-
tiorem, & tutiorem fubditorum benevolentiam exifti-
ma. Hæc fi adfuerit, & agmen duxerit, illa erunt
utilia: iftâ autem fublatâ, præftaret & illa quo-
que unà tolli. Nam multò citiùs contra Principem
invifum, quàm contra Hoftem movebuntur.

XXXIV.

Plurifariam confilium haftis cedit. Sæpe nume-
rò etiam & rationis vis belli procinctus, hoftilef-
que exercitus elufit. Sint ergo manus cum confilio
junctæ duplex tropæum.

La moderation, plus sûre en sa conduite,
Assoupira le mal, dont vous craignez la suite.
Un silence prudent, une utile bonté,
Du complot clandestin le peril évité,
Et pour le bien public vostre zele heroïque,
A cela je connois le Roy, le Politique.

XXXIII.

L'Amour est invincible, & vous seconde mieux,
Que cent mille soldats, combatant sous vos yeux,
Que les cœurs soient pour vous, & defendent vos villes :
Les armes, la valeur, vous deviendront utiles.
Si vous ostez l'amour : de vos sujets haï,
Defarmez vos guerriers, ou vous serez trahi.
Sous d'autres Estendarts cherchant d'autres allarmes,
Transfuges, contre vous ils tourneront leurs armes.

XXXIV.

Si la force souvent fait plus que les conseils :
Le conseil préferable aux plus grands appareils,
Et guidant la valeur des troupes allarmées,
Déconcerta cent fois de puissantes armées.
De la teste, & du bras quiconque a combattu,
Dresse un double trophée aux pieds de la vertu.

XXXV.

Subvenire cujuslibet neceſſitatibus animum Re-
gium decet, & prudentem : ante alios, iis qui in
calamitates inciderunt,

XXXVI.

Subditorum felicitas ſummam Principis prædi-
cat cum ſapientiam, tum Juſtitiam,

XXXV.

Il faut qu'un cœur Royal, conduit par la prudence,
De chacun avec soin secoure l'indigence.
Qu'il diftingue fur-tout, par fes bienfaits nombreux,
Quiconque heureux jadis, a ceffé d'eftre heureux.

XXXVI.

Au bien de fes fujets le Roy qui s'intereffe,
Signale fa juftice, honore fa fageffe,
Et leur felicité garantiffant fon cœur,
Il accorde fa gloire avec noftre bonheur.

www.ingramcontent.com/pod-product-compliance
Ingram Content Group UK Ltd.
Pitfield, Milton Keynes, MK11 3LW, UK
UKHW021011120726
13693UKWH00004B/1903